LE DÉVOÛMENT

DES

MÉDECINS FRANÇAIS,

Par A. BIGNAN.

POËME

QUI A OBTENU UNE MENTION HONORABLE A LA SÉANCE PUBLIQUE
DE L'ACADÉMIE FRANÇAISE, LE 24 AOUT 1822.

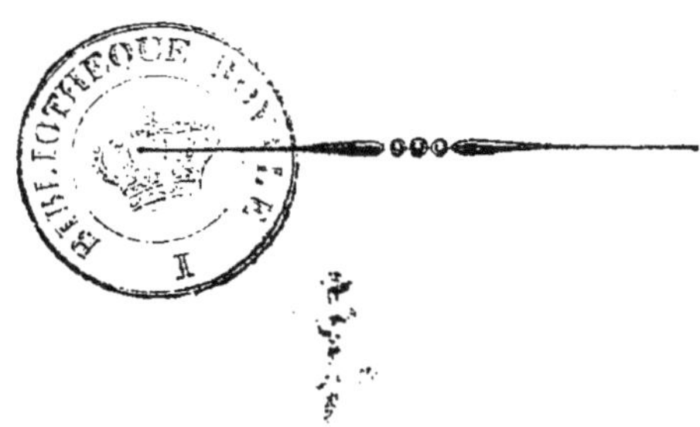

A PARIS,

CHEZ HUBERT, LIBRAIRE AU PALAIS ROYAL;
GALERIE DE BOIS, N° 222.

1822.

DE L'IMPRIMERIE DE GUIRAUDET, RUE SAINT-HONORÉ,
N°. 315, VIS-A-VIS SAINT-ROCH.

LE DÉVOÛMENT

DES MÉDECINS FRANÇAIS.

Nourri des chants d'Homère et de leur harmonie,
Alvar, jeune rival de ce puissant génie,
De la soif de la gloire éprouvant le tourment,
Loin du toit paternel s'exila noblement,
Et courut, pour doubler sa poétique ivresse,
Demander de beaux vers au beau ciel de la Grèce.
Mais à peine ces bords et leur aspect divin
Du souffle inspirateur ont fécondé son sein,
Par de sinistres bruits l'agile renommée
L'arrache aux doux loisirs dont sa muse est charmée :
O douleur ! il apprend qu'un fléau destructeur
Sur Barcelonne en deuil promène sa fureur.
De quel soudain effroi palpite sa tendresse !
Qu'est devenu le père, appui de sa jeunesse ?
Le sort a-t-il déjà marqué son dernier jour ?
Étranger à lui-même et tout à son amour,

Au mépris des périls, au mépris de sa vie ;
Il part, vole, s'élance et revoit l'Ibérie.
Ces lieux, jadis rians, gémissent désolés ;
Ces temples, ces palais, ces ports sont dépeuplés ;
Et quelques malheureux, tristes débris d'eux-même,
A l'œil sombre et farouche, au front livide et blême,
Transfuges animés de la nuit des enfers,
Apparaissent errans dans ces mornes déserts.
Partout Alvar, frappé de surprise et de crainte,
D'un ravage récent trouve l'image empreinte.
Ses pas irrésolus volent de toutes parts,
Lorsqu'un tombeau sans faste attendrit ses regards ;
Seul et couvert de deuil, un vieillard en prière
Du monument sacré baise humblement la pierre ;
Son front pâle est flétri par de longues douleurs
Et ses yeux sont voilés d'un nuage de pleurs.
Immobile, saisi d'un trouble involontaire,
Le jeune homme s'arrête et reconnaît son père.
Son père !.... Dans ses bras il s'est précipité,
Et leurs cœurs l'un sur l'autre ensemble ont palpité.
Quels doux épanchemens ! que de pieuses larmes !
Quand d'un même transport ils ont goûté les charmes,
Alvar brûle d'apprendre à quel puissant secours
Dans le commun désastre un père a dû ses jours.
« Mon fils, dit le vieillard, une main étrangère

« Étendit sur mes maux son appui tutélaire ;

« Si je respire encor, tu le dois aux Français.....

« A ce nom, le courroux éclate dans tes traits ;

« Ton généreux orgueil et s'indigne et s'étonne

« Que d'anciens ennemis aient sauvé Barcelonne.

« Écoute : dans ces jours de combats et de deuil

« Où leur char triomphal foulait notre cercueil,

« Je plaignais, comme toi maudissant leur furie,

« Homme, l'humanité, citoyen, ma patrie.

« Mais quand je t'apprendrai par quels pieux bienfaits

« Leur sublime héroïsme expia leurs succès,

« Admirant un courage égal à nos misères,

« Dans nos libérateurs tu chériras des frères,

« Et ton cœur désarmé changera sans retour

« Le reproche en éloge et la haine en amour. »

Le vieillard à ces mots sent tressaillir son ame ;
Son œil brille, animé d'une nouvelle flamme.
Assis près de la tombe, il commence, et son fils
Prête une oreille avide à ces touchans récits.

« Sous le règne des lois Barcelonne tranquille

« Présentait au commerce un opulent asile ;

« Par l'aiguillon pressant de la rivalité

« Un peuple industrieux au travail excité

« Voyait avec orgueil cent flottes tributaires
« De deux mondes amis unir les hémisphères,
« Et des bords mexicains apporter sur nos bords
« Le luxe varié de leurs nombreux trésors.
« Mais pourquoi, sur la rive où la foule se presse,
« Saluer ces vaisseaux par des cris d'allégresse?
« Imprudens, redoutez, redoutez leur abord!
« Loin de vous leurs présens, messagers de la mort!
« Fuyez!.... une hydre impure, en désastres féconde,
« Franchissant avec eux l'immensité de l'onde,
« S'échappe tout à coup de leurs flancs entr'ouverts
« Et d'un souffle homicide empoisonne les airs.
« Non, le fougueux torrent du haut des Pyrénées
« Précipitant au loin ses vagues effrénées,
« L'incendie étendant sur de vastes forêts
« De ses ailes de feu les rapides progrès,
« Le volcan déchaîné, de sa prison brûlante
« Laissant jaillir la mort en gerbe étincelante,
« Dans leur triple fureur n'égalent pas encor
« Du fléau triomphant l'impétueux essor.
« Quelles traces de deuil attestent son passage!
« Plus d'espoir, plus d'asile à l'abri du ravage.
« Où fuir, quand sous nos murs l'élite des soldats,
« Armant contre nos jours ses parricides bras,
« Rebelle à la menace et sourde à la prière,

« Cruelle par devoir, par pitié meurtrière,

« D'un cercle inexorable emprisonne nos pas

« Et vers son siége impur refoule le trépas?

« O mon fils, connais-tu les horribles symptômes

« De ce mal qu'ont vomi les ténébreux royaumes,

« Ces membres tour à tour et brûlans et glacés,

« Cette haleine fétide et ces flancs oppressés,

« Ce sang noir à longs flots ruisselant de la bouche,

« Ces mots entrecoupés, ce silence farouche,

« D'un délire effrayant les aveugles transports,

« Ces ulcères hideux qui sillonnent le corps,

« Ces livides tumeurs, ces lèvres enflammées

« Qui d'une ardente soif rougissent consumées,

« Et ces yeux sans regards et ce front sans couleur

« Où du sceau de la mort s'imprime la pâleur?

« Dans les accès rongeurs d'une fièvre homicide

« L'infortuné puisant une vigueur perfide

« Lutte contre le mal; ni vaincu, ni vainqueur,

« D'une mort incertaine il prolonge l'horreur;

« Enfin, après neuf jours d'une lente agonie,

« Miné par la souffrance, usé par l'insomnie,

« Son corps défiguré se détache en lambeaux

« Et va de ses débris effrayer les tombeaux.

« L'un accuse le Ciel à son heure suprême

« Et son dernier soupir est un dernier blasphême ;

« L'autre aux pieds des autels traîne ses faibles pas,

« Commence sa prière et ne l'achève pas.

« O douloureux spectacle ! O scène inattendue !

« Deux époux expirés épouvantent ma vue ;

« Près d'eux pleure un enfant ; tourmenté par la faim,

« De sa mère, à grands cris, il demande le sein,

« Le presse, le fatigue, et sa lèvre abusée

« Déchire innocemment la mamelle épuisée ;

« Mais bientôt, consumé par un débile effort,

« Dans la coupe de vie il aspire la mort.

« Dirai-je quel effroi de tous les cœurs s'empare,

« Cette morne stupeur, cet égoïsme avare,

« Les nœuds du sang rompus, l'oubli de l'amitié,

« Partout le désespoir, nulle part la pitié ?

« L'époux fuit son épouse et le frère son frère....

« Quelques fils seulement mouraient près de leur mère.

« Je te vois tressaillir.... Alvar, retiens tes pleurs.

« Si le Ciel nous trahit, la terre a des sauveurs.

« Tandis qu'en sourds accens la cloche sépulchrale

« D'un peuple tout entier sonne l'heure fatale,

« Et que les noirs drapeaux, à nos tours suspendus,

« Balancent le trépas sur nos fronts éperdus,

« Quels mortels, étrangers à la commune crainte,

« D'une ville expirante osent franchir l'enceinte ?

« Quand tout fuit Barcelonne, ils en cherchent l'accès.

« N'en sois pas étonné, mon fils, ils sont Français.

« Les Français autrefois faisaient trembler nos armes,

« Les Français aujourd'hui viennent sécher nos larmes;

« Nos rivaux en bravoure aux plaines de l'honneur,

« Nos vainqueurs en constance aux champs de la douleur,

« Ils savent allier dans leur cœur magnanime

« Et la valeur guerrière et la pitié sublime.

« Si Mars a ses héros , Esculape a les siens,

« Et tous les malheureux sont leurs concitoyens.

« Quand le devoir l'ordonne , au salut de leurs frères

« Dévouant leurs secours saintement téméraires ,

« Comme ils réclament tous dans un rival transport

« La faveur du péril et le droit de la mort !

« O douce charité, bientôt tes lois divines

« Entraînent sur leurs pas ces vierges héroïnes,

« Ces sœurs de l'affligé, ces filles du Seigneur,

« Qui savent ennoblir des emplois sans honneur,

« Et sous des traits mortels, anges de bienfaisance,

« Si la voix du malheur appelle leur présence,

« Mettent sans hésiter leur bonheur à souffrir,

« Leur orgueil à prier et leur gloire à mourir.

« Leurs cœurs soumis au Ciel, dès que le Ciel commande,

« Lui consacrent leur vie et leur mort en offrande ;

« Quand leur humble courage affronte le trépas,

« L'Europe les admire et ne les connaît pas.

« Déjà leur zèle ardent vole et se multiplie ;

« Déjà de leurs bienfaits Barcelonne est remplie ;

« Sous le toît indigent, dans ces réduits obscurs,

« De toutes les douleurs réceptacles impurs,

« Où les morts, les mourans, qu'un même lit rassemble,

« L'un sur l'autre entassés, se confondent ensemble,

« Vois leur couple sauveur, prodigue de secours,

« Sans sommeil, sans repos et les nuits et les jours,

« De soins religieux entourer la souffrance,

« A l'un rendre la vie, à l'autre l'espérance,

« Et, consolant l'horreur de leurs derniers momens,

« Leur montrer dans le ciel la fin de leurs tourmens.

« Puissent leurs chastes vœux et leur sainte présence

« Attirer sur nos maux la divine clémence !

« Puisse de leurs vertus le parfum précieux

«Du souffle de la mort purifier les cieux !

« Mais comment honorer d'un assez juste hommage

« Ces hardis précurseurs de leur pieux voyage,

« Ces Français dont le cœur a toujours palpité

« Au cri de la nature et de l'humanité,

« Ces enfans d'Esculape, immortel assemblage

« Et d’un vaste savoir et d’un mâle courage ?

« A l’aspect du danger leur front n’a point pâli.

« O noble Pariset , ô François , ô Bally,

« Et toi , jeune héros que l’amour de ta mère

« Ne céda qu’en pleurant à la rive étrangère,

« Vous saurez , s’il le faut, couronner dignement

« Par le plus beau trépas le plus saint dévoûment.

« Au combat du malheur athlète infatigable ,

« Chacun de vous , armé d’une audace indomptable ,

« Oppose un art puissant à ce mal désastreux

« Dont un brûlant climat irrite encor les feux ,

« Et présente , partout où sa fureur éclate ,

« A la nouvelle Athène un nouvel Hippocrate.

« La flamme des bûchers , la terre des tombeaux ,

« Des corps contagieux dévorent les monceaux.

« Tandis que le scalpel en vos mains intrépides

« Interroge les flancs des cadavres livides,

« Du fléau , rallenti dans ses affreux progrès,

« Votre œil observateur devine les secrets.

« Le riche en ses palais, le pauvre en ses hospices ,

« Renaissent consolés grâce à vos soins propices,

« Et par vos bras vainqueurs le trépas enchaîné

« S’arrête enfin , balance et recule étonné.

« Combien je dois, Alvar, bénir leur assistance !

« La fièvre s'emparait d'un reste d'existence ;

« Tel qu'un feu meurtrier, son rapide venin

« Déchirait, embrâsait et desséchait mon sein ;

« J'expirais.... Tout à coup vers mon lit de souffrance

« Descend du haut des cieux l'ange de délivrance ;

« Sa main miraculeuse a bientôt rallumé

« Le flambeau de mes jours qui mourait consumé.

« Mazet (que la vertu sait inspirer de zèle !)

« Au plus tendre des fils eût servi de modèle.

« Eh ! quels nœuds si puissans l'attachent à mon sort ?

« Qui suis-je ? un étranger. Qu'espère-t-il ? la mort.

« La mort serait le fruit d'un courage sublime !...

« Faut-il que mon sauveur succombe ma victime ?

« J'accourais à ses pieds, pour prix de mon salut,

« D'un cœur reconnaissant déposer le tribut....

« Que vois-je ?... A la lueur d'une pâle lumière,

« Ces vierges à genoux murmurant leur prière,

« Ces Français éplorés portant de toutes parts

« Le trouble de leurs pas, l'effroi de leurs regards,

« Ces soupirs que la crainte étouffe dans leur bouche,

« Ce jeune homme étendu sur sa brûlante couche,

« Et qui, d'un long combat martyr victorieux,

« Semble, vivant encore, appartenir aux cieux,

« Cette scène, à la fois et lugubre et touchante,

« Me saisit de pitié, me glace d'épouvante.

« Je m'approche.... sa voix laisse tomber ces mots :

« Retenez, mes amis, d'injurieux sanglots ;

« Du Dieu qui vous épargne adorant la justice,

« J'offre à l'humanité mes jours en sacrifice.

« Le trépas est fidèle à mes pressentimens....

« Du moins souffrant pour vous je chéris mes tourmens.

« Une seule pensée à mon cœur est amère....

« Je ne donnerai plus de secours à ma mère....

« Héritiers de mes soins, soulagez sa douleur....

« Ma mère ! à l'amitié je lègue ton malheur....

« Adieu !... » La voix s'éteint et la victime expire.

« O prodige ! A mes yeux un bandeau se déchire.

« Dieu parle, et tout à coup dans le vague des airs,

« Les palmes à la main, au doux bruit des concerts,

« Les hôtes radieux des sphères éternelles

« Ouvrent au jeune élu leurs troupes fraternelles,

« Et couronnent son front du jour pur et divin

« Qui n'a jamais d'aurore et jamais de déclin.

« Ainsi, noble Français, au matin de la vie,

« Tu meurs privé du ciel de ta belle patrie ;

« Tu meurs et tu n'obtiens sous des climats nouveaux

« D'autre hospitalité que celle des tombeaux.

« Un seul regret t'assiége, il est tout pour ta mère.

« Console-toi ; la France, auguste légataire,

« Jalouse d'acquitter la dette de l'honneur,

« En faveur de ta gloire, adopte son malheur.

« Si l'adieu maternel manque à ta dernière heure,

« Comme un de ses enfans Barcelonne te pleure ;

« Vers la couche funèbre où dorment tes débris

« L'Espagnol gémissant amènera son fils :

« Viens prier, dira-t-il, viens prier pour un frère ;

« Ton amour doit ce titre au sauveur de ton père.

« Admire ses vertus, chéris son souvenir ;

« Il vécut en héros et mourut en martyr. »

Le vieillard a parlé ; dans un profond silence,

A son exemple, Alvar sur la tombe s'élance ;

Tous deux, associant leurs touchantes douleurs,

La couvrent de baisers et l'inondent de pleurs.

Cet asile où repose une cendre si chère,

Paraît aux yeux d'Alvar un divin sanctuaire.

Quel Dieu puissant l'agite ?... Il se lève ; soudain

Les élans du génie ont fait battre son sein.

Un peuple immense accourt, le poète s'écrie :

« France ! je te salue au nom de l'Ibérie !

« France, de l'univers le modèle et l'appui,

« Jadis notre terreur, notre idole aujourd'hui,

« France, riche en vertus et féconde en victoires,

« Combien ton front superbe a rassemblé de gloires !

« C'est peu que tes soldats, vétérans de l'honneur,

« Sur trente ans de succès reposant leur valeur,

« A l'ombre des lauriers qui couronnent leurs têtes,

« Vainqueurs, laissent dormir le glaive des conquêtes ;

« Tes fils, impatiens de triomphes nouveaux,

« Dans la paix, dans la guerre également héros,

« Volontaires bannis sur ces affreux rivages,

« D'un monstre dévorant combattent les ravages,

« Et fiers de transformer leurs tombeaux en autels,

« Succombent indomptés et meurent immortels.

« Est-il à leur grandeur une grandeur pareille ?

« Non, le vieillard de Cos, le pasteur de Marseille ;

« Armés d'un zèle égal dans un égal malheur,

« Du même étonnement ne frappent point mon cœur.

« Si tous deux du trépas affrontaient la menace,

« La patrie et les cieux soutenaient leur audace :

« Mais fuir du sol natal le climat fortuné

« Pour braver les périls d'un air empoisonné,

« Arracher sa tendresse au désespoir d'un frère,

« Aux terreurs d'une épouse, aux larmes d'une mère ;

« Et d'un peuple étranger partageant le fléau,

« S'ensevelir vivant dans la nuit du tombeau,

« Quel plus pur dévoûment, quelle plus sainte gloire

« Ont illustré jamais les pages de l'histoire ?

« France ! réjouis-toi ! mère de tels enfans,

« Qui pourrait enchaîner tes destins triomphans ?

« Si pour sauver l'Espagne ils prodiguent leur vie ;

« Que ne feraient-ils pas pour sauver leur patrie ?

« Que dis-je ? leur absence est un bienfait encor,

« Et d'un rapide mal quand ils bornent l'essor,

« Leur savoir agrandi , protégeant tes frontières ,

« Oppose à sa fureur d'invincibles barrières.

« Honore un si beau zèle ; aux siècles à venir

« Que le bronze animé lègue leur souvenir ;

« Que la main de Louis décerne à leur courage

« Du signe de l'honneur le solennel hommage ;

« Qu'à ses nobles accens le génie excité

« Prophétise en ses vers leur immortalité :

« Pour nous, c'est dans nos cœurs que leurs noms vénérables

« Gravés par leurs vertus en traits inaltérables,

« Jusqu'aux fils de nos fils arriveront un jour

« Chargés d'un long tribut de respect et d'amour. »

FIN.